ポインセチアが好き

樋田 由美

目次

君と僕

1
降りそうで降らない空を見上げつつ推敲してる君への言い訳

2
すべすべの丸い小石は僕よりもはるかに賢く生きているんだ

3
躓いて伸ばしたその手に触れたのは誰かが落とした赤いお守り

4

「もういいよ」言われて前へ進んだが君は後ろで僕を待ってる

5

木蓮の蕾のなかで恋文を燃やしてしまった小父さんがいる

6

冷たくて優しい手を持つ君がいる色とりどりのサラダが生まれる

7　思うまま唄ってみよう身をまかせリズムをとって出鱈目の歌

8　夕されば静かにおちるものがある騒音という外套《マント》剝がれて

9　桃色の野薔薇を揺らして風がゆく青と黄色と緑になって

10
好きなもの緑の風と赤い薔薇サンドイッチと君の笑顔さ

11
戻れない戻りたくない　道端に落ちてしまった寒椿の赤

12
淋しくて君がいてても寂しくて丸い氷を作ってみよう

13

眠れない夜は誰でもあるだろう　君の寝顔をただ見つめてる

14

七草をたたいて刻むひとときに君の背中が笑って揺れて

15

眠ってる犬の鼻先そっと触れ夢の中身を覗いてみたい

16

「久しぶり」笑って話すその人を知っているけど思い出せない

17

液体は正直なのだ進みたい方向だけに真っ直ぐ進む

18

捨てられてしまった小芥子《こけし》を拾ってる可愛い顔して笑っていたから

19
いにしえの冬や凍れるこの街の片隅にいる君と僕です

20
流れてるラップの声を聞きながら居眠りをする頷きながら

21
くり返す君の言葉が悲しくてクロスワードで謎解きをする

22

銀色の海豚の振り子は知っている僕が読んでる本の最後を

23

冷えている空気を纏ったジャンパーをはらりと脱げばオレンジ色に

24

日曜日君が作った目玉焼き何かを叫んでいるような出来

25
絵の中で君は笑った僕が描く花束を持ち羞しそうに

26
盆栽の白梅が言う「大丈夫小さくたって私も咲いてる」

27
コピー機は臙脂色して居丈高に困った顔した僕を見下す

28
「冷凍は万能じゃない」「知ってるよ」耳に蓋して寝た振りをした

29
ぱらぱらと読まない本を捲ってるそいつは君が嫌いな辞書だ

30
陽に溶ける雪の達磨が呟いた「これからぼくの旅が始まる」

31
歩いてくまだ汚れない雪の上いろんな物を僕は踏んでる

32
いつからか解らない程昔から龍の鬚はそこにあったね

33
探してたパズルの欠片《ピース》を見つけたよ言ったそばから何処かへ消えた

34
「やっぱりね報われないと」と君は言う　一生懸命僕はやったか

35
もう一つ、もうひとおつと積みあげたカードに手が触れ　この世は無常だ

36
溜息をついてしまった僕の顔、君が見ている恐いくらいに

37

寝ころんで小春日和の休日を過ごしていたら空が堕ちたぞ

38

螺子ひとつ無くても時計は動かないそれでも時は物を錆さす

39

山茶花は薄紅色に君を染め寂し気に咲くいつもの場所で

40
「信じろよ」言えない自分が悔しくて、モアイの写真をじっと眺める

41
失った物を数えている夜明けそれなりにある幸せのなか

42
どうやって先入観を捨てるんだ　そんなに心が純粋《ピュア》になれない

43
どっぷりと泥《こひじ》の中に漬け込んだ糸を洗えば虹色になる

44
僕の為君が編んでるセーターは恥ずかしい程あったかい色

45
ゆっくりと忘れていこう苦しさを　君と一緒に生きてゆくため

46
いつの間に増えてしまった水仙が黄色くなろうと相談している

47
遊んでる子供を見てる冬木立思い出してる人だった頃

48
足元に転がって来たビー玉はずっとポジティブ明日もきっと

49

手に取った真っ赤な絵の具で僕は今、何を描こうとしていたんだろ

50

一心に小さな春を待っているこの蕗の薹が、とても愛しい

ちいさな埃《ほこり》

51

ミーちゃんという猫がいてハーちゃんという柴犬と小さな恋する

52

誰も居ぬ部屋で電話が鳴るだろう携帯今は圏外だから

53

屋上で空を見上げて叫んでる君のいつもの大事な日課

54
ピストルを持って頬笑む長髪の女性のポスター淋しくないか

55
「冷たくて悲しい街に生まれたよ」そう言っているビールの空缶

56
人が死に人が生まれるこの星で僕は小さなちいさな埃

57
「一回は着てみたいわ」と君が言うファッション雑誌のシルクのパジャマ

58
錆びているジャングルジムに貼られてる真白い紙に「触わるな危険」

59
廃屋の跡の凛しい新築に住まい始めた若い人見る

60
「聞いてくれ俺は何でも知っている」そんな顔した常夜燈が好き

61
永遠に続いているよな階段をひたすら登るそんな夢見た

62
手を広げよちよち歩く幼な子は世界を変える力を持ってる

63
僕らにはビニール袋は欠かせぬが鯨にとっては悪魔の海月

64
残酷で美しいものそのひとつ僕にとってのあなたの存在

65
「馬鹿な奴」見下す振りをしてたけどアイツは僕よりずっと素直だ

66

病院の灯りはとても優しくて溜息ひとつその場に残す

67

本当は自分の事が何物か解ってる人などいないんだ

68

「拗ねているわけではないさ」と呟いてぐっと呷《あお》った缶ビール　空

69

目に染みるマイヤーレモンのオレンジが冬の色した僕に笑った

70

岩肌に濡れた身体を押しつけて接吻《せっぷん》しても誰が咎める

71

ほのぼのと鍋を囲みてこの時は一人ではない我を確かむ

72
ラジオから流れるレトロな歌謡曲　僕の気持ちを代弁してる

73
粉々になった欠片《かけら》を掻き集め復元してある土器を眺める

74
しろたえの砂を掴んで泣いていた可愛いいあいつも二十のＯＮＯＫＯ

75

煙草屋の角を曲って交差点すべてを濡らす山茶花時雨《さざんかしぐれ》

76

君の切るキウイの断面あざらけきいつもの夕餉に華を添えゆく

77

駅前の工事現場の仮歩道　如実に見える人の本質

78

フリマにて君が求めし針差しは使えそうもない愛らしい亀

79

枯れ枯れの野原が実は隠してる片っぽだけどイカロスの羽根

80

気づかずに通り過ぎてた過去がある確かに僕が歩いて来た道

81

薄青き山脈眼前に広がりてただそれだけのそれを眺むる

82

白姫は君に姿を嗚呼《ああ》似せて僕に囁く「汝を愛す」

83

たとえれば駱駝が欠伸をするようなそんな日だって大事な一日《ひとひ》

84

鉄骨を組まれただけの建物が誰かに捨てられ世を怨み建つ

85

雨の中孔雀緑《くじゃくみどり》の人影がラップを踊る渋谷の駅前

86

「僕達が人だった時まだ此処は海だったよ」と流木言えり

87

目を閉じて檸檬を噛ったその口で君は僕に何を求める

88

真白い翼を持った蝙蝠《かわほり》が夕焼け空を見上げる絵本

89

鳥が飛ぶ大空の下海のうえ大事な仲間と逸《はぐ》れぬように

90

君が恋う僕は何処にも居無いんだ目の前のそれ僕の抜け殻

91

肉体の塊だけど僕が住み今までボクだと思っていたけど

92

白は嫌黒でもなくてグレーかな　そう言う君と僕との関係

93
風力の白きプロペラ対岸の蜃気楼なる山にあくがる

94
真っ暗な部屋で一人で膝を抱き泣いてた君が今は愛しい

95
我が罪を洗い流せよボディシャンを泡立て泡立て足の指先

96 ぬばたまの闇は優しく沈黙し幾何学模様の街を包めり

97 古《いにしえ》の昔からある恋をして男と女ジェンダーレスも

98 未来ではイニシエビトに僕もなり異端児ですと断っておく

99
繰り返す無量大数のさざ波よ目覚めて眠り月に恋して

100
君の事あなたのことともこの僕も朝陽のなかで煌めく凪に

ポインセチアが好き

101

キリストの血の色をしたこの花が一番綺麗なクリスマスの宵

102

罅割れて盛り上がってるアスファルト自然に避ける人の靴先

103

梓弓月に引かれる引力でビニール袋がふわりと浮いた

104

珈琲に一匙入れた蜂蜜は白い花弁を探して溶ける

105

「クリスマス来たって何にも変わらない」そう言いながらカップル過ぎる

106

戦争が無くても人は飢えて死ぬ　愛に渇いた飽食の国

107
すっぽりと嵌ってしまったごみ箱に読みかけだった青空文庫

108
懸命に墓石の前で咲いている小さな花も抜かれる運命

109
イジラシイ林檎の丸みに恋してるまるいまあるい心が欲しい

110

真っ白になりたがってたわけじゃない缶詰の中アスパラが泣く

111

コンビニの灯の下で蟷螂が散らしを読んでる枯葉色して

112

今だってケンタウロスになりたくてコンピューターに男が吠える

113

脱ぎ捨てたシャツは何枚あるだろう　俺の後ろに累々とシャツ

114

気がつけば荒野に一人で立っていた　重力が嗚《お》於《お》伸し掛る、夢

115

カンカンと金属音をたてながらハイヒールがゆく螺旋階段

116

息切らしかすみ草の花束を抱えた乙女の頬赤き朝

117

朽ちている赤い鳥居の根元では和々良葉《わわらば》のうえ鳥雀巫山戯《ふざけ》る

118

あかねさす昼にとっても愛されて走り抜けゆく青年眩し

119

掌の小さな画面ひとつにて恋が始まりそして終わった

120

ビル壁の偽の青空見上げてるあの向こうには俺が住んでた

121

来月は閉店になる小料理屋笑顔絶やさぬ女将は眩し

122
泣き言は言いたくはない強くない、生きてゆくのが怖くなるから

123
張り詰めた空気がどんより漂って（誰か夢だと言ってください）

124
からからと茶に丸まった朴葉らは笑いさざめきどこへ転がる

125
公園で少年の弾くウクレレは「小さな竹の橋の下で」ス

126
細胞が三十七兆二千億僕のなかでも蠢いている

127
スライスの慈姑《くわい》の素揚げ失敗の結果だけれどどこのほうが好き

128
サブウェイのえびアボカドに負けたよなそんな気のする一人の夜は

129
怒ってる顔をしながら作られた無限ピーマン果てしがなくて

130
顔の無いマネキン百体集まって未来のモードのHave a meeting
（会議をしてる）

131

その昔、ジェリクル・キャッツに憧れてダンスをしてた猫に会ってる

132

冬枯れの田に立ち尽くす白鷺はおのが足元確かめもせず

133

焦げ付いた鍋を片手に溜息をついてる君の目は笑ってる

134
沈む陽に同化してゆくミニユンボ今日は朝から動いておらぬ

135
人だったことを忘れた流木は白い身体を波に洗わる

136
僕のゆび君の小指と絡めたら虹の泉が湧き出す魔法

137

誰も居ぬ浜辺に健てた砂の城亀の姿に戻って眠る

138

流れゆく雲にひと振りブランデーあと角砂糖一つサービス

139

透明なアクリル板の階段《きざはし》を登ってゆくのはあのドラえもん

140
嗚呼そうだずううと君の好きなＵＴＡ　今も「俺様クレイジーマン」

141
今日だって明日になれば過去になる檸檬を搾ってひと息に飲む

142
振り上げた拳をどうにも出来なくてこのまま雨に濡れて歩こう

143
ベンチには男が忘れていった紙「日常の五心」大きく筆書き

144
霧の朝海に佇む縫《ぬ》い包《ぐる》み「大丈夫だよ怖くないから」

145
何処からかトロイメライが流れ来て心のボルトが少し緩んだ

146

ふいに来た萌黄色した花兎雑踏のなか白昼夢の如

147

棘がある薔薇を今夜は愛したい色は何でも横わないから

148

命なき鉄塔のうえ青女舞い昔話をはじめてみよう

149
群れ群れて雁は飛びゆく　あの中に俺のサワンもいるのだろうか

150
もう一度渡ってみようこの橋を沈む夕陽が綺麗に見える

つれづれなるままに

151

春深く曇れる空ゆこぼれ来る雨よこの身と心を洗え

152

何故人は持ってる物を数えずに持たないものをかぞえるのだろう

153

肉喰いの人生ばかり生きてきた　私は悪魔それでもいいさ

154

土の鳥空の鳥かは知らねども雲雀あがれる空のひろしも

155

人の子と生まれしものを血に塗れ獣と化せる戦争憎し

156

血の色に咲けるカンナはあの夏の悲しい記憶が忘れられずに

157
群れ群れて空飛びめぐる椋鳥よ一羽ここに降りてはこぬか

158
凩に裸にされても朴の木はまだ見ぬ明日を夢見て生きる

159
思い切り吐いた言葉が冬の陽とコンクリートにぶつかり消えた

160

冬枯れの庭に咲いてる赤い薔薇　いやな事など忘れてしまおう

161

頭《ず》を垂れて孤独に部屋にひとりいた亡父は謝る事が苦手で

162

相反すふたつの心持つゆえに憎みきれない哀し人はも

163

満面の笑みをたたえて待ち受ける母よ風邪はもうなおったんだね

164

にらみ合う猫の後ろを鶏がのほほんのほほ歩いていった

165

カマンベールが蕩けるように眠る猫　部屋の中でも寒いね今日は

166

大寒や鰤大根の煮こごりをほおばった吾に猫声聞こゆ

167

ビューティフルハーモニーとも訳される令和の年が今歩き出す

168

街の中居場所を求め彷徨える　大人だってさ子供だっても

169
子の未来担う大人が目を背け逃げてしまった保身の為に

170
健全な精神なんてなんなのさ斜《はす》にかまえた誰かの言葉

171
人類が創ってしまった原発をプロメテウスはなんと思うや

172

我々の歩む足元霧晴れて氷の上で一歩もあゆめず

173

掌におのれの想いを握りしめ行き交う人よそれぞれの道

174

朝は壊れやすいガラスさ　粉々になった破片を集めてる今

175

夢の中、岩に爪たて海草を食めるイグアナあれは私だ

176

冷たいと思われたって仕方ないそれでいいさと雨が降りおり

177

かなしみはみんな地つづき欲しいのはそれを断ちきるおおきな鋏

178
忘れたの私が何を待ってたか長く待ち過ぎ風化しちゃった

179
大空の塵《ちり》とはいえど塵たちが造った原発この地球《ほし》を喰う

180
青空の中にあるんだ欲しい物　空を吸ってるラムネの空瓶

181
十三の烏瓜の実キリストの使徒の顔してぶらぶら揺れる

182
白梅が仄かに香るこの庭で叫べ「王様の耳は驢馬の耳」

183
木蓮の蕾をそっと触ってる　僕も昔はお前だったよ

184

掴んでも手を広げれば何も無い、そんな夢から醒めた朝《あした》は

185

そう言えば追いかけたっけ逃げ水を少年だったあの夏の日に

186

丸まった毛布は君の貌して温もりはもう何処にも無いが

187

どす黒い想いはいつも持っている普通の人で私はあるから

188

何処までも抜けるような青空は何でも許してくれそうな気して

189

如月に光の刃《やいば》を研ぎ上げて闇の林を今切り開く

190

頭《ず》の中に羊が生まれ消えてゆくきえずに隠れた一匹可愛い

191

流れつつ藁《わら》も芥《あくた》も夢を持ち悲しくはない恐くもないよ

192

マリアにもマルタにだってなれなくて砂浜で一人散歩をしよう

193

目も鼻も僕の全てが嫌ならば狂ったベンチの苔になろうか

194

器用には生きられないんだわかるだろ鏡に向かって呟いている

195

見えてない物に向かって叫んでる酔いどれ達がとても眩しい

196
「もういいの諦めたから」聞いてない――何をどうしてあきらめたんだ

197
生きている意味を知る為人間は生きるんだよと宮沢賢治は

198
畳まれて眠ってしまったこの心　今朝は大きく広げてみよう

199
より高く跳べるように身を屈め猫はお日様取りにゆきたい

200
年古《ふ》りて賽の川原に打ち捨てた想い出たちよ私を呼ぶな

201
片頬を上げて笑うその人を僕は知ってる、知っていたはず

202
ああわれあわれあわれと鳥が啼く我もまたそのあわれな人なり

203
停止中のエレベーターとチョコレート澄ました顔してふふんと笑う

204
目の前に座してる五人同じよにスマホを見てるイン・ザ・トレイン

205

今君が引っ張っている縄の先、何があるのか知っているかい

206

我の中君のなかにも存在す　ダリの描いた歪んだ時計

207

駅伝の白タスキにも負けないで今から作る君だけの色

208
缶の底残りし粒はしつこくて、素直じゃないねコーンポタージュ

209
妖しくもブラッドムーンは浮かびける壊れかけてる地球のうえで

210
さよならは桜の雫　夜の風　茄子の煮浸し　らららのららら

211

突然に風吹き抜けて残れるは夜に白梅哀し鶯

212

嘴で卵の殻を割るように優しく降るよ、春雨だから

213

自らの影に怯えて飛び立てる鷺よお前は何処にいくのか

214

目の前のピンクの扉を開けてみる桜吹雪に泣いてる君が

215

耳朶《みみたぶ》のような木耳ぷるぷると裂いて煮込んで食べてしまおう

216

砂山に旗をたてよう好きだったオムライス達弔うために

217

寒ければイグアナが降る暑ければ飛んで来るだろPM2・5

218

葫《にんにく》は花が咲いても悲しくてコンクリートの地面にキスする

219

ふるふると小花が散りて足元に真白い道が一本続く

220

今寝てる　ピーターパンになりたくて魔王になってしまったＭＡＮが

221

確信は別に無いんだあの人がくれた薔薇《そうび》が今日咲いただけ

222

縒れてきた修正テープはいらないがアップルパイと君と小犬は

223
僕だって手帳は買うよいつだって予定は砂場の山の果てだが

224
手に付いた砂糖の粒だけKissをするそんなゲームを冬月とした

225
金柑はマリーゴールド、輝いて食めばたちまち毒の花咲く

226
今過ぎる少女が手に持つスマホからDAWNが聞こえる　きらめいて春

227
うつしみの人皆青き顔をして月を見上げる夢の舟ゆく

228
過ぎて行く一日《ひとひ》一日《ひとひ》が愛しくて冷たき床の赤い花びら

229

今僕が躓きそうになった石何故だか君の笑顔に似てる

230

気がつけば危いほうへ向かってる止めれるものはピエタの指先

231

裸木のメタセコイアの頂辺《へっぺん》で鴉が一羽何かを叫ぶ

232

ぬばたまの夜がしんしん更けたとて我は眠れぬ藪の梟

233

集団で行動をする椋鳥も孤高な鷹も淋しい目を持つ

234

ぽつぽつと鯵の開きを食べながら海の色など聞いたりしてる

235

廃井戸の屋根に残りし古ぼけた滑車がひとつ　今日は曇り日

236

ひび割れた馬穴《ばけつ》に水が残ってる僕の未練を見ているようで

237

まだ早い日向ぼっこはまだはやい隣の猫はそう考えた

238

投げられた青春の壷はガラスゆえhelpと叫ぶ破片となって

239

水晶のような淋しさ爪先が冷たくなるまで溜りて黙る

240

日曜日山椒魚と本とアイス博物館の喫茶コーナー

241
まだ今も永久凍土で眠ってるマンモスさえも目覚める現代

242
簡単さ人の心を壊すのは悪意と恐怖あと無関心

243
背後から降り注ぐように打つ雨に私の影までとけてしまった

244

銀色の君は何処かへ飛び立つの？体を揺らして空を見上げる

245

つんつんと小さな蕾を五線譜に並べたような曲が流れる

246

もう一度覗いてみたい万華鏡私はあの時何を見ていた

247

干潮に現れ出でた岩肌はぬめぬめとして我を拒めり

248

膨んだ期待はいつもすり抜けて上に飛んでく風船みたいに

249

凍てついた空が優しく笑い出し花が零れる色鮮やかに

250

駆け出して不意に止まれる犬がいる耳を過ぎゆくイエスタデイが

251

咲いている花の数にも勝りたる夢いっぱいの蕾よつぼみ

252

側溝のなかから僕を呼ぶ声が　さっき落とした一円玉か

253
羽ばたきに継ぎ木の木瓜の花ゆらり教えて君になる前の色

254
射干玉のdarkな心抱きつつ真白な紙に何を描こう

255
愛すれど報われていない淋しさに白い山茶花一片《ひとひら》散りて

256

黄昏のビギンをいつも歌ってた小父さん故郷へ帰って行った

257

曇天に蝋梅の花凛として今日は携帯ＯＦＦにしようか

258

モノクロの世界にずっと生きて来た僕が愛した君という虹

259

新聞を丸めただけの人形を抱えて眠るシャム猫の夢

260

無限なる私のなかの慾袋　金継ぎしてもまた裂けてゆく

261

今は無い公園にあったシーソーは一人の僕の話せる相手

262
椅子の上紙風船がひとつだけ白いカトレアひっそり揺るる

263
落ちてゆく夢の世界のお話は今から始まる事かも知れず

264
見てごらん　君が育てた仙掌の花が咲いてるオフホワイトに

265
海のもの山のものとか言いながらイクラとアボカド頬張っている

266
細蟹の糸を小指に絡めても君が差し出す謎は解けない

267
オファーしてくれたら僕は答えるよ君が欲しがるエベレストの雪

268

幽かなる躊躇《ためらい》はあるその上で歩いて来た道これから行く道

269

楽だから　信じたくない事全て誰かのついた嘘にしてる

270

春日影猫と睡むあの人はまるで僕だが……　Who are you?

271
古着屋の古着の温みただ嬉し俺らも生きていたっていいんだ

272
たまかぎる薄き珈琲夜も更けて今だけ僕の一人の時間

273
こんなにも君を愛しく恋うる夜きみの隣に犬がいる　おい

274

珈琲に恋を溶かして飲みゆけば五臓六腑が海を奏でる

275

「頬伝う涙は君の真珠だね」「やめなよそれは似合わないから」

276

もの言わぬ事卑怯にあらず実際に言えぬ解らぬ言の葉は魂

277

べきべきとダンボールの箱開けゆけば甘藷とタロイモ土の香のたつ

278

人は皆ドンキ・ホーテにあくがれてそれでもなれぬ自己に荷立つ

279

雪解けの気配は空に広がりて白猫よぎる鎖びた自転車

280

大きなる手があらわれて牢屋より救い出される白昼夢　嗚呼

281

君に逢う以前の僕は忘れたいふいに赤面する気がするし

282

零されて我はいるかももとよりは神の国には住めないゆえに

283

灼きつくす口づけのなか僕たちは原子になって宇画に生きる

284

またひとり顔なき女あらわれて我を囲みてゆらゆら揺れる

285

靴下のぬれしをぬぎて息をつくひとまず今日の責務は終わる

286

なお言えとうながすような眼差しを気づかぬ振りす　もう空っぽさ

287

いずこより凍れる青きこの星よピキピキギシギシ痛くはないか

288

思い出はおもいでだから今はまだ部屋の隅でも転がっていて

289

嗚於《おお》それは言ってはならぬ政治家が政治屋に墜つ一瞬の闇

290

流れゆく水ありなかの礫《こいし》らは流されぬ大岩にあくがる

291

日陰より日の照る方に歩きたし烏が一声啼きて飛びゆく

292
みなのわたか黒き髪ぞ恋しけれ毛染めもち入る我は女ぞ

293
人の道説いてる筈の道徳で人の心が壊る不条理

294
佐保姫はかぐわしき香と共に来て足跡からも草木が芽吹く

295

天海をゆらゆら揺れる月の船風なき空に星も見えない

296

片隅の吾も亦ひとりの母なれば毒の一部としての存在

297

あわれみを吾に与えるがに雨が降る博物館の映像のなか

298

海の湧く音は叫べり「汝もまた我れから生《あ》れた泡のひとつだ」

299

たまさかに君が手にしたこのペンはさっき私と別れたヤツだ

300

指先に吸いつくような寂しさに雨に濡れてる山百合の花

301
人が皆死んだら鳥になるならば私はどんな鳥になるだろ

302
絵皿から溢れる程の紅色でポインセチアを描いてみたい

303
眠ったか起きているかはわからねど「ほっといてよ」とハシビロコウは

304

めん鶏が砂あび居たれかしましく心の中を蝕む胚芽

305

他界より眺めてみれば大いなる荒野で跳ねる一匹の虫

306

何となく電車に乗りてまた帰る一日だけのプチ逃避行

307
世の中は、たとえば君がトーストにバターを塗って食うようなもの

308
鳴き交す声聞きおれば雀らもそれぞれの生それぞれの魂

309
蒼ざめた顔を一枚ひっぺがし月が輝く夜《よ》に探す面

310
生きてこし一世を想いて海を見るまだ潮騒と遊んでいたい

311
静かなり　雨の後なる公園は私と時と樹々より雫

312
奇しくもうつしみの身はしぶとくて置き忘れたよ諦めなどは

313

悲しみに潰されないで楽しさを考えようという歌が好き

314

なんなんだ変形労働時間制人間性が机上で奪わる

315

転がったボイスチェンジャー　散らばった多数の仮面　いなかった僕

316

さまざまに想いはこの身を巡れどもまずは明日訪れる客

317

小雨降る朝に明日を尋ねれば軒下に張る蜘蛛の巣揺るる

318

うしろより首を抱きて輝けるこの星空を君と喰らおう

319

まだ寒い冬空を飛ぶふたひらは君の手品の花に恋して

320

春の野に土筆いでけりほろ苦くジャンヌ・ダルクの摘む夕まぐれ

321

夕暮れのパントマイムの青年の背中に眠る底なし沼よ

322

青空に何かを忘れた壮年がとり戻さんと鞦韆を漕ぐ

323

知りたくて君の事とか知りたくて古いアルバム・タイムカプセル

324

夜は夜昼は昼ララ君は君僕は僕だよ粉雪が降る

325
夕ぐるるコップの中のサイダーは泡のひとつも見つからなくて

326
あかあかと太陽は笑むあかねさす君が僕をさ好きだと言うから

327
なぜならば今眼の前に現れた世界の果ての揺らげる炎

328

薔薇の爪なり眉ひそめ嗚呼の声真赤な太陽沈む砂漠に

329

日に焼けた鎖はだらりと垂れ下がる駐車場の隅、物置きの影

330

百億の愛しているを君に言うそんな約束僕はしたっけ

331
突然に大きな蛇の出現に声は「おはよう」足は震えて

332
君がゆく道は果てなく遠けれど健やかであれ風が歌えり

333
うらさぶる想いを抱え見あぐれば木枯らし耐うる宿り木を見ゆ

334

いにしえに恋うる梟、その昔私は恋する乙女であった

335

飛びたてるつばさなすもの今しばし汝の瞳《め》を見て微睡みたきもの

336

会う事の喜びを知り会う事の切なさを知る秋の夕暮れ

337
ゆらゆらと氷解けゆき君になり私になりて水へと戻る

338
なれるなら一度男になってみる胡座をかいて焼酎を飲む

339
はしきやし君を恋するこの夕べ庭には野菊・It stared to rain
（雨が降って来た）

340
うたて異に大手の門が開くらし白梅・桜・躑躅も待ってる

小石の溜息

341

さらさらと時は流れてさらさらと私は此処にさらさらと居る

342

たとえばさ私が僕でぼくが俺呼び方なんてどうでもいいじゃん

343

メッセージたとえば君が笑ったら僕を好きだと考えていい？

344

言霊は言の葉の魂細胞の集合体が発する神秘

345

毳々《むくむく》と心の中から湧きあがる悪意というもの珈琲で飲む

346

何もせず居れば寂しさ増すゆえに己の影としりとりをする

347
ぼんやりと灯が照らす夜の道露に濡れてる小石の溜息

348
かたへなる空は青空、銃弾の飛び交う空の向こうのかたへ

349
ステンレス壁映ってる俺（違うだろこんな哀れな奴じゃない……はず）

350

陽にぬくむ無心の地蔵よ　鞘出《やさぐれ》た俺も隣に座っていいか

351

欲しかったファットバイクが街角に知らん顔して捨てられている

352

夕かぜのさむきひびきよまだ僕は基処《そこ》に行かない　発光したい

353
「尊大な桃ぱっかんと割れたから俺が生まれた」酔ったあいつは

354
鉄骨が吊されたまま止まってるクレーン一台挽歌をＵＴＡＵ

355
ささやかに交わされている恋の彩《あや》背中で聞いて出る軽食屋

356

この指で壊してしまった蜘蛛の巣は剥がしても尚張り付いて来る

357

レトリック積み木みたいにつんだって崩れるだろうwho knows
（知らないけどさ）

358

傘をさすそんな単純な行為でも僕の為にしてくれる事

359
春の夜の夢ばかりなる残り香は佐保姫のごと俺を包めり

360
窓ぎわのデンドロビウム「この花は優しい花よ」と君は呟く

361
陽水の「傘」を聞いてる夕まぐれ水仙の花咲き乱れゆく

362

恋しくて唯恋しくて君の笑顔人の世の彩《いろ》そして自分が

363

紅に楚々と咲きたる藪椿マルグリットは罪深いのか

364

絵の具から海が溢れて漂える白い小舟に僕は乗ってる

365
細蟹の蜘蛛の糸に光ってる後悔という露の雫が

366
ILOVEYOU愛してるとか言えなくて君の胸像氷で彫ってる

367
蛤《ハマグリ》が見せてる夢を掴もうとしている僕と嘲笑う俺

368

喉をゆくエナジードリンク目が醒めた捻れたままのウクレレの弦

369

眠れずも心は静か隣から規則正しい君の寝息が

370

降りしきる雨も明日には止む予定折りたたみ傘鞄に入れる

雑念

371

優しさは闇の真中で眠りゆく静寂というものに包まれ

372

漆黒の闇のなかに閉じ込めたあの日の記憶を君は知らない

373

わたくしの心の底に潜む闇なかで生まれる光もありて

374
漂うて草の匂いに風の音身を切る冷たさ足もとの石

375
ひとしずく嘗めてみたれば苦かろうほんの少しは人生の友

376
花ぐわし桜吹雪に杖ついた老母は笑顔で「たくさん歩けた」

377

僕の目が怒っている事今君は気がついたんだはい怒ってます

378

七五三縄を焔めがけて投げ込めば、過去と未来が現在《いま》に微笑む

379

椚の実帽子をかぶり道端に転がっている　北のミサイル

380
敦盛と直美哀しと偲ばれる熊谷草は絶滅危惧種

381
冬枯れの野を照らしゆく夕焼けよ私もついでにてらしておくれ

382
人が皆木になった夢を見た朝《あした》若葉が我に刺さりて痛い

383

去年より美しく咲く桜だが政治家の嘘隠しきれない

384

きな臭い匂いのして来た我が国に世界に誇れる九条ありて

385

茜さす紫に照る苧環《オダマキ》をいくら繰れども吹き抜ける風

386

俯ける美人のように春蘭は人の目避けて秘そやかに咲く

387

曼珠沙華赤き反乱　降り積もる白い嘆きが紅となり

388

水鳥は自ら作る水の輪に翻弄されて縛られている

389
此処にある僕の存在のその意味はフランチェスカの鐘が鳴りゆく

390
ダリの描く歪んだ時計に操られ帰る道さえ忘れてしまった

391
暮れてゆく冬のキャンバス一筋の飛行機雲は似合い過ぎてる

392

聞こゆるは波の独唱ぬばたまの闇に浮かべる孤月がお客

393

火あぶりのジャンヌのテレビざっくりとカレーの為の馬鈴薯を切る

394

ラピスラズリ時には我が儘リラリラと揺らぎ輝く群青の空

395

溶け出した本の中から文字達が空に浮遊し　リリシズムの唄

396

傾きて眠りながらも弁明す　疲れた男とカフェテラスの影

397

ガリバーの忘れていった髪の毛で織ってみようか天の羽衣

398

乳色の空に流れる哀しみはコンクリートに埋められた夢

399

傷ついたバッファロー達野を駆けり土煙の中 Without a backward glance
（振り返らずに）

400

艶やかに鰻の二本は寄りそえどあと数刻で茂吉の夕餉に

401

突然の志村ケンの凶報に　ゆらりゆらりと頭上の大岩

402

ぬばたまの闇を飛び交う白い影今の地球は死にかけている

403

ざらざらとStay Homeを過ごしゆくちりめんじゃこの砂の眼をして

404
いにしえの月の涙のひとしずく、垂らしてみたい令和二年に

405
見たきもの　コロナ禍が去りぎっしりと人ら詰まりて笑える顔を

あとがき

自分の信じる道を仲間と手を取り合って、一生懸命に誠実に歩いて行こうとしている人達を見ていた。いろんな困難がその人達を取り巻いていたのに、仲間や支えてくれる人達とそれを乗り越え、ひとつひとつ夢を叶えていく姿はとても眩しく嬉しいものだった。そして、その真摯な生き方に感激をしていた。

でもそんな時――私は思わぬ入院をして手術をする事になった。（まだやり残した事がある、まだ死ねない）真っ白になった頭の中でぼんやりそう思った。主人や子供達（下宿している息子には退院してから話した）には随分心配をかけてしまったが、幸いお医者さんや看護婦さん達の御尽力のお陰で、私は命を取り留める事が出来た。退院して少しずつ体が本調子になって来た頃、あの時思った「やり残した事」について考えてみた。私にもまだ妻として、母として、子としてもやらなければならない事があった。そして私自身のやりたい事、それは夫や子供達は宝物だけど、それ以外に「この世に自分が生きた証」が欲しいという事。歌集が出したい――思い切り自分らしい歌集を出してみたい。それは叶わないかも知れない――でも結果無理でもその夢を叶える為に、今まで自分の書いた短歌の整理をする事にした。いずれも自分の思い入れのある歌ばかりなので、それが歌集という形になるかも知れないと思うと、嬉しかった。そして歌集を作る為の短歌の数としてはほとんど揃って来た頃、コロナウイルスという今まで考えた事がなかったものが、この国を、世界を襲って来たのだ。

それからは恐しい程に、今までの生活が一変してしまった。今まであたり前に出来て楽しかった事が（危険な事、してはいけない事）になった。守らないと命が守れないのだ。コロナの波は、私達の生活や命そして心までも無慈悲に、次から次へと呑み込んでいった。私は自分と家族が、このコロナの波に呑み込まれてしまわないようにと願うだけだった。

でも気がつけば本当にたくさんの人々が、必死に戦って私達の生活や命を守ってくれていた。そしてこんな時だから、今だからこそ出来る事をと、立ち上がる多くの人々がいるという現実。人間は弱く、時には哀しいほど愚かな生き物だ。特にこんな非常時は、いやでも各々の本性が見えてしまったりする。だけどそれでも人間は、果てしもなく強く優しい心を持っている生き物なんだと思う。いつかこのコロナ禍が去り、人々があたり前に楽しく集う事が出来るようになるのを、心から祈っている。

著者プロフィール

樋田 由美

一九五四年 四月三十日生

二〇一四年 コスモス人会

ポインセチアが好き

二〇二四年五月二十一日 初版第一刷発行

著 者 樋田由美

発行者 谷村勇輔

発行所 ブイツーソリューション

〒四六六・〇八四八

名古屋市昭和区長戸町四・四〇

電 話 〇五二・七九九・七三九一

FAX 〇五二・七九九・七九八四

発売元 星雲社（共同出版社・流通責任出版社）

〒一一二・〇〇〇五

東京都文京区水道一・三・三〇

電 話 〇三・三八六八・三二七五

FAX 〇三・三八六八・六五八八

印刷所 藤原印刷

ISBN978-4-434-33904-2